उसे लौट आना चाहिए

[कविता-संग्रह]

उसे लौट आना चाहिए

सुदीप बॅनर्जी

संयोजन

विष्णु नागर/लीलाधर मंडलोई

राधाकृष्ण

नयी दिल्ली पटना इलाहाबाद

ISBN : 978-81-8361-387-3

उसे लौट आना चाहिए

पहला संस्करण : 2010

मूल्य : 150 रुपये

प्रकाशक

राधाकृष्ण प्रकाशन प्राइवेट लिमिटेड

7/31, अंसारी मार्ग, दरियागंज, नई दिल्ली-110 002

शाखाएँ : अशोक राजपथ, साइंस कॉलेज के सामने, पटना-800 006

पहली मंजिल, दरबारी बिल्डिंग, महात्मा गांधी मार्ग, इलाहाबाद-211 001

वेबसाइट : www.radhakrishnaprakashan.com

ई-मेल : info@radhakrishnaprakashan.com

आवरण : सुचिंत मंडलोई

मुद्रक

बी.के. ऑफसेट

नवीन शाहदरा, दिल्ली-110 032

USE LAUT AANA CHAHIYE

Poems by Sudeep Banerji

रूबीना और गौरव के लिए

इन कविताओं के बहाने

यह सुदीप बॅनर्जी की कविताओं का चौथा और अन्तिम संग्रह है। उनके न रहने पर छपी उनकी पहली किताब। कोशिश की गई है इसमें 'इतने गुमान' संग्रह के बाद की उनकी सभी अप्रकाशित कविताओं को शामिल करने की। वे होते तो कुछ और कविताएँ लिखते, चयन में कड़ाई बरतते। हमारे पास वह सुविधा इसलिए भी नहीं थी कि सुदीप जी ने 1997 से 2009 के बीच बहुत कविताएँ नहीं लिखीं। कविता उनकी अन्तिम और प्रिय शरणस्थली थी लेकिन यहाँ से उन्हें बार-बार और दुनियाओं में अपनी तमाम ज़िम्मेदारियाँ निभाने के लिए लौटना पड़ता था। इस संग्रह में एक कविता है 'वे तय नहीं कर पाते'। अपने बारे में, अपनी कविता में भी वे सामान्यतः अन्य भाव से ही बात करते हैं इसलिए यहाँ भी जो 'वे' है वह और कोई नहीं, बल्कि सुदीप बॅनर्जी स्वयं हैं। उनका यह संकट अस्पताल के अन्दर तक चला आया है कि वे अपनी तीमारदारी पर ध्यान दें या समस्याओं की जो फ़ेहरिस्त वे घर पर छोड़ आए हैं, जो काम अधूरे हैं, उन पर ध्यान दें ताकि 'इस असाध्य बीमारी की यन्त्रणा' से थोड़ा बच सकें। इसलिए कविता की दुनिया में सुकून पाने के बावजूद वे इसमें पूरी तरह रह नहीं पाते थे। नौकरी से अवकाश लेने के बाद जब उनका मन ज़रूर कविताओं में ज़्यादा रमने लगा था, समाज के बारे में अपनी चिन्ताओं की साझेदारी करने में अधिक लगने लगा था, लेकिन तब तक कैंसर ने उन्हें ऐसा घेर लिया कि इसकी ज़द से वे छूट नहीं पाए। लिखना क्या, उनका पढ़ना तक मुहाल हो गया। वैसे भी उनकी अपने बारे में कोई महत्वाकांक्षा थी भी नहीं। इस क़िस्म के व्यक्तिवाद से वे बहुत ऊपर उठे हुए थे। अतः यह भी कारण है उनकी कविताओं की संख्या कम होने का हालाँकि लगभग बारह साल

का वक़्फ़ा एक संग्रह लायक कविताएँ लिखने के लिए कम नहीं होता।

यह संग्रह कई अर्थों में उनके पिछले संग्रहों से भिन्न है। वैसे इससे पहले भी सुदीप जी ने सरकारी नौकरी में रहते हुए कविताओं के जरिए अपनी वामपन्थी-जनवादी पक्षधरता खूब दिखाई है। दरअसल उनके लिए यह पक्षधरता प्रदर्शनीय नहीं थी, बल्कि उनके व्यक्तित्व के रेशे-रेशे में मौजूद थी, इसलिए वह छिप भी नहीं सकती थी। वह सिर्फ कविता में नहीं, उनके बाक़ी तमाम कामों में भी व्यक्त होती थी। अपनी पक्षधरता-प्रतिबद्धता को सीधी, सरल भाषा में, यहाँ तक कि नारे की भाषा में भी कहने का साहस इस संग्रह की उनकी कुछ कविताओं में दिखेगा। इस संग्रह की शुरुआत ऐसी कविताओं से की गई है। इसकी पहली ही कविता—जो सिर्फ दो पंक्तियों की है—बहुत स्पष्ट रूप से राजनीतिक है और नारा होने की हद तक स्पष्ट है बल्कि नारे से प्रेरित है। दूसरी कविता कुछ बड़ी है जो बुश, नरेन्द्र मोदी, आडवाणी को एक ही धरातल पर रखते हुए उनका मज़ाक बनाती है। उसके ठीक बाद की कविता, जॉर्ज बुश में हिटलर का रूप देखती है। इस तरह आप समझ सकते हैं कि सुदीप जी हमारे 'लौह और विकास पुरुषजी' की भी कौन-कौन सी छवियाँ देख रहे थे।

आजकल हिन्दी में इतनी सीधी, इतनी तीखी बातें कहने का जमाना लगभग जा चुका है लेकिन सुदीप जी के यहाँ वह ज़माना अब भी था। इसका यह मतलब नहीं कि उनकी राजनीतिक कविताएँ इकहरी हैं। 'इराक-1' और 'इराक-2' कविताएँ पढ़िए। वे इराक के सन्दर्भ में हमें-आपको देखती-जाँचती हैं। वह कहते हैं : 'परास्त होने का दम-खम होने पर ही/सोचने-समझने की जहमत उठानी चाहिए/दिल रखने का दम्भ रखना चाहिए।' यह कहना आसान नहीं है। अपने विश्वासों पर दृढ़ होने का अभ्यासी कवि ही इतनी सीधी मगर इतनी टेढ़ी बात कह सकता है। इस ज़मीन पर खड़ा रह सकता है। उनकी राजनीतिक-मानवीय पक्षधरता के और भी कई रूप इस संग्रह की अनेक कविताओं में हैं। वह उन हाशिए के लोगों की बात करते हैं, जो कभी 'हाकिम' थे, अपनी ज़िन्दगी के और अब जिनके ऊबड़-खाबड़पन को व्यवस्था ने समतल कर दिया है। वह उन साधारण लोगों की बात करते हैं जो अपने दुख को बाजू पर बाँधकर नहीं चलते, 'जिनकी दुर्दशा जिनके कंगन में नहीं जड़ी है', जिनसे कहा नहीं जा सकता कि 'आइए रो लीजिए। हमारे कन्धे से सटकर थोड़ी देर।' अपने वर्ग के साथ ही वह ख़ुद अपने पर, अपनी भलमनसाहत की छवि पर भी

व्यंग्य करते हैं। वह उस वर्ग पर काफी तीखी टिप्पणी करते हैं जो देश और मनुष्यता की चिन्ता करता है, ख़बरों की मीमांसा करता है लेकिन जो अकेले में भी ख़ुद से रू-ब-रू नहीं हो पाता, जो अपने दुख में भी, अपने दिल पर हाथ नहीं रखता। वे कहते हैं : 'ये अगर हमारे पड़ोसी हो भी जाते तो क्या/माँ के गर्भ से होते हुए/वापिस चले जाते भी तो क्या' इस तरह एक समग्र राजनीति-समाज सजग कवि थे वे, जिसमें कोई फाँक नहीं थी। इसलिए उनकी कविताओं में एक-दो शब्द फालतू तो कहीं मिल सकते हैं लेकिन झूठ नहीं मिल सकते। उनकी कविता गढ़ी हुई, टुकड़ों-टुकड़ों को जोड़कर करीने से सजाई हुई कविता नहीं है। इसमें न शब्द, न सहानुभूति, न आत्म व्यंग्य कृत्रिम है। जो है, खरा है या फिर नहीं है। इसीलिए वे कविता बनाते नहीं, हालाँकि यह कहने का अर्थ यह नहीं है कि वे कविता को लेकर असावधान रहे हैं। अगर होते तो ऐसा अनोखा शब्द-संयम, ऐसी जटिल-सरलता उनके यहाँ न होती। उनकी कविता की सरलता अक्सर धोखादेह है। वह सरलता अक्सर सपाटपन नहीं है। वह उनके व्यक्तित्व की गम्भीरता, संलग्नता, गहरे आत्मविश्लेषण-समाजविश्लेषण से निकली है। इन कविताओं का कवि अपने को पीछे रखता हुआ, अपने दुख में क़ैद होने के ख़िलाफ लड़ता हुआ, तीखे आत्मसंघर्ष से जूझता हुआ कवि है।

इस संग्रह की असली उपलब्धि है उनकी वे कविताएँ, जो मृत्यु से उनके त्रासद संघर्ष से निकली हैं, जहाँ, जैसा कि ऊपर कहा गया, अपने इलाज कराने और अपने छूटे हुए दायित्वों को निभाने का आत्मसंघर्ष जारी है। अपने असाध्य रोग से इस तरह लड़ने की बात का शायद ही कोई दूसरा उदाहरण हिन्दी कविता में मिले। अपने 'दुख को नायक' न बनाने की बात यहाँ एक कोरा नाटकीय वक्तव्य नहीं है। इन कविताओं में यह विश्वास कई-कई जगह पिरोया हुआ है। अन्य भाव से अपनी बात, अपनी तकलीफ़ को कहना, उसे नायक न बनाते हुए कहना इसी का प्रमाण है। हिन्दी में मृत्यु पर इतनी मार्मिक और साथ ही इतने भयावह अनुभवों की कविता मेरे देखने में नहीं आई। अपनी मौत को वह कई तरह से, कई रूपों में देखते हैं, उससे जूझते-निपटते हैं। कभी भयानक आत्मनिर्वासन जैसी स्थितियों में, कभी उसे चुनौती देते हुए, 'यह खेल आसानी से/नहीं लिखा जाएगा/उसके नाम।' 'जीवन के सभी प्रश्न,' 'मरे हुओं को लौटना पड़ता है', 'लौट आना चाहिए,' 'वे तय नहीं कर पाते,' 'कब ऐसे खेल में शरीक हुआ' आदि अनेक कविताएँ इस संग्रह में हैं जो आपको बुरी तरह अंदर से हिला देती हैं।

बीमारी के दौर में जब लोग उनसे मिलने आते थे तो वे, अपनी बीमारी की स्थिति से उठकर, बाहर आकर लोगों से बात करना पसन्द करते थे। आपकी भी हिम्मत नहीं होती थी कि बीमारी के बारे में उनसे बात करें। वे अपनी मृत्यु से संघर्ष के सबसे बुरे दौर में भी ज़िन्दगी की बातें करते थे और करना चाहते थे। यह उनका छद्म आवरण नहीं था, यह जीवन में उनका विश्वास था, जिसे आप इन कविताओं में तमाम जगहों पर बिखरा हुआ पाएँगे। लेकिन कहीं भी वे आत्मदया नहीं उपजाते, जो अन्यथा ऐसी स्थिति में तो व्यक्ति के लिए काफी सामान्य है। जिस समाज में स्वस्थ-सामान्य-खाते-पीते लोग भी आत्मदया उपजाने से बाज नहीं आते हों, वहाँ मृत्यु से लगभग हर क्षण मुक़ाबला करता व्यक्ति इस रूप में नहीं दीखता, यह देखकर सुखद आश्चर्य होता है। ऐसा कड़ापन, ऐसी निष्कंपता, शायद इससे पहले एक अलग तरह से मुक्तिबोध में दीखती है। सुदीप जी जैसे उनसे जाने-अनजाने यह भाव लेते हैं।

बाक़ी रही कविताएँ, जो आपके सामने हैं। शायद यह संग्रह हिन्दी की कुछ श्रेष्ठ कविताओं के लिए देर तक याद किया जाए। यह संग्रह यह याद दिलाने के लिए है कि जब कवि अपना श्रेष्ठतम अपनी रचनाओं के माध्यम से देने में लगा हुआ था, तभी मृत्यु ने उसे आ घेरा। उनकी 'वानप्रस्थ' कविता के शब्दों को उधार लें तो मृत्यु ने उनसे कह दिया कि अब आपका काम पूरा हुआ, अब आप फ़ारिग हों, अब एक भी शब्द नाजायज हस्तक्षेप माना जा सकता है। लेकिन मृत्यु का उनसे यह कहना क्या सच था?

–विष्णु नागर

समय में चारों ओर मुख़ातिब—एक कवि

सुदीप बॅनर्जी का यह अन्तिम प्रकाशित संग्रह है। इसका शीर्षक रखा गया है—'उसे लौट आना चाहिए।' यह उनकी ही एक मार्मिक कविता 'लौट आना चाहिए' से लिया गया है। इसमें 'उसे' शब्द को अलग से जोड़ दिया गया है। ताकि वह सुदीप जैसे कर्मठ और प्रतिबद्ध कद्दावर इंसान के लिए पाठकों की स्मृति में आलोकित बना रहे।

सुदीप जी की प्रतिनिधि कविताओं का चयन हमने उनकी स्वीकृति के बिना किया था। जब संग्रह उन्हें सौंपा गया तो वे हमेशा की तरह चुप बने रहे। कदाचित् आनन्दमिश्रित कोई भाव ज़रूर उनकी आँखों में था। चयन का बाद में उर्दू अनुवाद प्रकाशित हुआ और उस किताब के प्रकाशन से वे प्रसन्न हुए। लगा वे उर्दू के पाठकों तक पहुँचना चाहते थे।

उनके अस्वस्थ होने पर यह चिन्ता स्वाभाविक थी कि हम उनकी अप्रकाशित कविताओं के संग्रह पर काम करें। हमने उनसे दो-तीन बार बात की। पहले उन्होंने टाल दिया। बाद में आग्रह करने पर एक सूची बनाकर दी, जहाँ-जहाँ कविताएँ प्रकाशित हो चुकी थीं किन्तु लिखी जा रही कविताओं के बारे में वे उदासीन बने रहे। उनके निधन के बाद हमें उनकी नोटबुक्स, कुछ पन्ने और नोटशीट्स प्राप्त हुए, जिनमें कुछ और कविताएँ थीं और कुछ अधूरे ड्राफ्ट्स। पत्र-पत्रिकाओं से मिल सकी कविताएँ और आठ-दस अप्रकाशित कविताओं को मिलाकर यह संग्रह बन सका है, जिसे सौंपते हुए सन्तोष हो रहा है। मुमकिन है कुछ छूट भी गई हों। लेकिन यही रास्ता शेष था कि हम संग्रह प्रकाशन हेतु सौंप दें।

इसमें अधिकांश कविताओं के लिए उनकी सहमति थी (अर्थात् जो प्रकाशित हैं)। इसके अलावा जो कविताएँ मुकम्मल लगीं, उन्हें हमने शामिल

कर लिया। अधूरे ड्राफ्ट्स संग्रह में शामिल नहीं हैं। उनके मित्र जानते हैं कि वे कविता के चयन और प्रकाशन को लेकर निर्मम थे। इच्छा के बावजूद अधूरे ड्राफ्ट्स को शामिल न करना प्रकारान्तर से कवि की इच्छा का ही सम्मान है।

[2]

सुदीप बॅनर्जी आज हमारे बीच नहीं हैं। अब एक दूरी बनाकर उनकी कविता व जीवन को देखा जा सकता है। हम सभी जानते हैं कि वे सदैव अपने कवि होने पर सन्देह करते थे। अपनी चर्चा से वे अमूमन असहज हो उठते थे लेकिन यह मानने में उन्हें कोई आपत्ति नहीं थी कि वे कविता को सिर्फ प्रेम ही नहीं करते थे अपितु जीवन से ऊब और थककर कविता में ही सुकून पाते थे।

एक साक्षात्कार में उन्होंने यह विनम्रतापूर्वक उजागर किया कि उनके पिता की कविता में सिर्फ़ दिलचस्पी भर न थी बल्कि वे बांग्ला में कविता भी लिखते थे। इस तरह बचपन में कविता पढ़ने के संस्कार उन्हें मिले। उनकी माँ कविताओं, लोककथाओं और बांग्ला की कालजयी रचनाओं के उदाहरण बातचीत में दिया करती थीं। उन्होंने गुरुदेव रवीन्द्रनाथ टैगोर की कविता की किताब उन्हें भेंट की थी। सो कहीं भीतरी सतह पर उनका काव्य संस्कार बन रहा था। आठवी-नवीं के आसपास तुकबन्दी करने की स्मृति का ज़िक्र भी उन्होंने किया था। बाद में स्कूल-कॉलेज में सहपाठियों और कुछ शिक्षकों के साथ उनकी काव्य दिलचस्पियाँ बढ़ती गईं।

सुदीप जी के बड़े भाई को उर्दू शायरी से गहरा लगाव रहा। उनके पास काफी किताबें थीं। वे उन्हें पढ़ते थे। इस तरह उनके जीवन में बांग्ला के साथ ही उर्दू का भी प्रवेश हुआ। बाद में संस्कृत और अंग्रेजी की पढ़ाई ने उनकी भाषा को समृद्ध किया। संस्कृत में कालिदास, भर्तृहरि, रघुवंश उनके प्रिय रचनाकार थे। बांग्ला में टैगोर के अलावा जीवनानन्द दास, सुभाष मुखोपाध्याय, शक्ति चट्टोपाध्याय और सुनील गंगोपाध्याय को उन्होंने पसन्द किया। हिन्दी में प्रसाद, निराला, दिनकर, धर्मवीर भारती, शमशेर, मुक्तिबोध को वे कॉलेज जीवन से पढ़ रहे थे। उर्दू में मीर, ग़ालिब, फ़ैज़, अली सरदार ज़ाफ़री, बहादुर शाह ज़फ़र उनके प्रिय कवि बने रहे। अंग्रेजी में वाल्ट व्हिटमैन, शेक्सपियर, हेमिंग्वे की चर्चा उनकी बातों में

आती थी।

भारत भवन के उद्घाटन समारोह के समय वे संयोजक थे। पहले काव्य-पाठ के आयोजन में उन्होंने शक्ति चट्टोपाध्याय की कविताओं के अनुवाद किए और पढ़े जो बाद में 'साक्षात्कार' में प्रकाशित हुए। उन्होंने व्हिटमैन की कविताओं के भी अनुवाद किए। इस तरह उन्होंने कविता की दुनिया में आने के पहले बाक़ायदा अपनी काव्यरुचियों को सँवारा। उनकी शुरुआती दो कविताएँ 'नई दुनिया' में प्रकाशित हुईं और 1965 में एक कविता 'माध्यम' में छपी। प्रकाशन के उस रोमांच को अपनी एक भेंटवार्ता में उन्होंने एक बच्चे की तरह स्मरण किया है।

कविता से जुड़ने की प्रक्रिया का एक इतिहास है। वे वरिष्ठ और अपने समकालीनों को पूरे ध्यान से पढ़ते थे। हिन्दी में जिन कवियों के प्रशंसक थे, उनका नाम लेने में परहेज नहीं करते थे। भवानी प्रसाद मिश्र के लिए उनके मन में गहरा आदर भाव था कि उन्होंने जनसामान्य के साथ अपना रिश्ता बनाकर हिन्दी कविता को सम्मान दिलाया। भगवत रावत, चंद्रकांत देवताले, विनोद कुमार शुक्ल, विष्णु खरे, प्रभात त्रिपाठी, विष्णु नागर, मंगलेश डबराल की कविताओं में उनकी आस्था सदैव बनी रही। इस तरह उनसे हुई बातचीत का स्मरण किया जाए तो यह स्पष्ट होता है कि कविता के प्रति उनका राग विलक्षण था। सच यह भी है कि अपनी कविताओं पर चर्चा से वे ख़ुद को सदैव बचाते रहे। एक संवाद में उन्होंने संकोच के साथ कहा था—'अपने काम की मर्यादाओं के भीतर और उसमें उपलब्ध अवकाश के कारण जितने व्यापक रूप से उन विषयों में—जिनमें मेरी दिलचस्पी है—जिन पर मैं कुछ कहना चाहता हूँ उसका मुझे अन्यत्र अवसर नहीं मिलता तो आपद्धर्म के कारण कविता ही में मुझे एक रास्ता निकलता दिखता है जिसमें मैं अपनी बात बिना लाग-लपेट के सीधे-सीधे कह सकूँ। कह सकता हूँ कि कविता ही मेरे लिए अच्छा माध्यम रही है।' यह और बात है कि कहीं अपनी ही कविता को कठघरे में खड़ा करते हुए उन्होंने लिखा—'उतना कवि तो बिलकुल ही नहीं/कि उठ खड़ा होता पूरे शरीर से।'

इस परिपार्श्व में सुदीप जी की कविताओं को देखने का एक यत्न ज़रूरी है। उनकी कविता देवताले, विष्णु खरे, ऋतुराज, प्रभात त्रिपाठी, जगूड़ी, भगवत रावत और विनोद कुमार शुक्ल के कालखंड के ठीक बाद रखी और विश्लेषित की जा सकती है। यह उथल-पुथल भरा समय था।

जब राजनीति से विमोह के लक्षण कविता में मुखर हो चुके थे। सत्ता के साथ पूँजीपतियों के सम्बन्धों ने आम आदमी की चिन्ता को हाशिए पर धकेल दिया था। वंचितों, आदिवासियों, दलितों, पिछड़े वर्गों और अल्पसंख्यकों में गहरी निराशा और असुरक्षा व्याप रही थी। बच्चों के भविष्य और विकास को लेकर कोई ठोस नीति दृश्य में न थी। वनों को ठेकेदारों के भरोसे छोड़ दिया गया था और विस्थापन के आँकड़े बड़े हो रहे थे। नदियों को प्रदूषण से भर दिया गया था और मिल-कारखानों का ख़तरनाक कचरा जल की अकाल मृत्यु की गाथाएँ लिख रहा था। यूनियन कार्बाइड की ज़हरीली गैस एक सभ्यता के बड़े हिस्से को लील चुकी थी और रथयात्राओं के जरिये साम्प्रदायिकता का नंगा नाच जारी था। सोवियत संघ के राजनीतिक-प्रशासनिक पराभव ने संघर्ष के हथियारों को भोथरा कर दिया था और तेल और प्राकृतिक संसाधनों पर वर्चस्व की राजनीति की आड़ में इराक, अफगानिस्तान, सोमालिया, ग्वाटेमाला, क्यूबा जैसे देशों पर साम्राज्यवादी षड्यन्त्रों का पिटारा खुल चुका था। इन्हीं सब स्थितियों के बीच अपना प्रतिरोधी स्वर लिए सुदीप जी की कविता अपनी पहचान बनाती है। प्रतिरोध के इस स्वर में आवेग, तनाव, क्रोध और अवसाद की शिनाख़्त करना अपेक्षित है, जिसे वस्तु, भाषा और उस वाक्य रचना में भी पढ़ा जा सकता है जो लगभग अप्रचलित है और अनदेखी के कारण हिन्दी व उर्दूवालों में बनती आई है। दरअसल सुदीप जी का युगबोध सिर्फ वस्तु अथवा प्रसंग में ही प्रकाशित नहीं है। अपितु भाषा भी उसकी संवाहक रही है। जब शुद्ध हिन्दी में कविता लिखने का रिवाज बढ़ रहा था और दूसरी भाषाओं-बोलियों की उपेक्षा का भाव गहरा रहा था, तब सुदीप के मस्तिष्क में एक द्वन्द्व था। वे अपनी काव्य भाषा में उनको बचाने की सोचा करते थे। उनका मानना था कि भाषा जहाँ एक समय में बनती है वहीं वह किसी न किसी रूप में खोने के लिए अभिशप्त भी होती है। कहना न होगा कि उनकी काव्य भाषा का मिजाज़ इसलिए सामासिक है। उसमें उर्दू, फारसी, अरबी, संस्कृत, अंग्रेजी, बांग्ला, मालवी, छत्तीसगढ़ आदि के रंग और गूँजें-अनुगूँजें हैं। यदि भाषा के रास्ते से यात्रा करें तो आपको जनजीवन, जगहें और किरदार के भी प्रामाणिक दर्शन मिलते हैं। ऐसी कविताओं में लोक-पुराण के मिथकों के आधुनिक सन्दर्भों में कुछ बिल्कुल नए अर्थ प्राप्त होते हैं। भाषा स्वयं, कथन की अपनी एक भंगिमा सुदीप जी के यहाँ बनाती है जो उनके समकालीनों के यहाँ कम दृष्टव्य है :

"बिना उम्र पैदा हुए, समय में चारों ओर मुख़ातिब सात समन्दर समेट लिए अंजुरी में इतना बेशुमार पानी हैरान।

(पता नहीं–इतने गुमान : पृ. 10)

हर उठता हुआ हाथ सूर्योदय है। हर ठहरा क़दम मक़बरा

अश्वगंध–शबगश्त : पृ. 11)

तुम हो गए नादाँ तो क्या ग़म है
दानिस्ता तमाम मोहल्ले जाग रहे हैं
क़ब्रगाहें भी मोहल्ले हैं, अब जाग रहे हैं
गर्भवती स्त्रियाँ भी बस्तियाँ है, जाग रही हैं

(उठो–ज़ख्मों के कई नाम : पृ. 83)

तीन कविता-संग्रहों से ये उद्धरण हैं। यहाँ ऐसी भाषा है जिसमें कहने का ढंग एकदम अलग है। भाषा में कहने या चीज़ों को रखने की प्रविधि में ही एक मुकम्मल कथन है लेकिन इतना सरल नहीं कि वाक्य का एक ही अर्थ बने। 'समय में चारों ओर मुखातिब', 'इतना बेशुमार पानी हैरान,' 'हर ठहरा-क़दम मकबरा', 'हर उठता हुआ हाथ सूर्योदय,' 'क़ब्रगाहें भी मोहल्ले हैं" या 'गर्भवती स्त्रियाँ भी बस्तियाँ हैं' (जाग रही हैं) इन सभी पंक्तियों में जो दीख रहा है अर्थ उनमें नहीं, अपितु भंगिमा से पैदा हुए अन्यार्थ में ही अर्थ का वह जादू है जिसे कवि ने सम्भव किया है। कवि दीख रहे से अधिक अदिखे अर्थ को इस तरह पैदा करता है और इसमें उनकी भाषा नियामक बनती है। इस कला में कवि का अपना सिग्नेचर है–'गीता प्रेस की किताबें जहाँ बिकती हैं। उधर मेरी पीठ करने से मेरी पीठ दिखाई देती है, मजहब की तरफ।' यहाँ 'पीठ' और 'मजहब' को जिस तरह पंक्तियों में रखा गया है उससे प्रत्यक्ष अर्थ से इतर एक बड़ा राजनीतिक अर्थ नुमायां होता है। इन पंक्तियों में कहने के तरीक़े से आइरनी पैदा होती है और कबि की वैचारिकता का ठोस स्वभाव उपस्थित दीखता है।

[3]

सुदीप जी की कविताओं में अनुभव जगत ख़ासा व्यापक है। कई तरह के कामों में उनकी रुचियाँ अन्त तक बनी रहीं। शिक्षा, आर्थिक-वैज्ञानिक अध्ययन, संस्कृति, सामाजिक विज्ञान, आदिवासी जगत, मार्क्सवादी

विचारधारा, वेद-पुराण से लेकर संस्कृत क्लासिक्स की पढ़ाई आदि कई इलाक़े थे जिनमें वे उपलब्ध समय में डूबे रहते थे। उनकी कविताओं का संसार इसी कारण वैविध्यपूर्ण सम्पन्नता से परिपूर्ण दिखाई देता है। उनको इस दृष्टि से याद करता हूँ तो जो कविताएँ सामने आ खड़ी होती हैं वे हैं : *पैदल-पैदल चलकर, तर्जुमा, निसरनी, साइकिल, काशीनाथ, इस वक़्त स्कूल जा रहे हैं बच्चे, किसके तीर से बिंधी, तमाम रात के अनन्त बोगदे में, शहर की रूह, महरी, इस साल जांबूखांदन में भी, सारे अमरूद खा लिए हैं, यदि यह एक शहर है, बैलाडीला, शकुंतला, कादम्बरी, उर्वशी, नदियाँ मेरे काम आईं, मलबा और वहाँ तो अब भी इन्द्रावती*। इतनी कविताएँ यदि तीन प्रकाशित संग्रहों में उनके अनुभवों का प्रतिनिधित्व करती हैं तो संग्रह से बाहर की कविताओं में *भूमंडलीकरण इस भोपाल में, डाक, पुकार, बगदाद, इराक व मत बनाओ अपने दुख को नायक, एक दिन छूटेगा ही और एक तारा पारा* सहज सामने बतियाने लगती हैं। सुदीप जी की कुछ कविताएँ अप्रकाशित हैं किन्तु उनकी संख्या आधा दर्जन से ज़्यादा नहीं है। लेकिन रेखांकनीय बात यह है कि उनकी कविताएँ गम्भीर सामाजिक- राजनीतिक आशय के साथ हैं। इधर उनकी आर्थिक चिन्ताओं के लिए भी वे स्मरणीय हैं। कुछ कविताओं में उनकी वाक्य रचना गद्य के अनक़रीब होती है और उनकी मनःस्थिति की आकुलता और आवेश को सामने लाती है। आकुलता में अवसाद और आवेग में आइरनी को पढ़कर एक कवि का भीतरी जगत जो हलातोल में डूबा है, प्रकाशित होता है। उनकी किताब से बाहर की एक कविता है जो कवि के व्यापक अन्तर्मन को इस सन्दर्भ में खोलती है :

आखिरी शीत लहर पर सवार
चला आया यह परिंदा
देशान्तरों का दुख-दर्द लिये
उतरा इस तालाब पर
जिस पर अब अक्स भी नहीं पड़ता
पिछली सदी के मक़्तल भोपाल का
कोका कोलाहल में मशगूल यहाँ के बाशिंदे
अपनी अन्यमनस्क मेजबानी में
उससे कुछ भी पूछने से कतराते हुए

(भूमंडलीकरण इस भोपाल में)

[4]

सुदीप बॅनर्जी को अपनी प्रतिबद्धता बहुत अजीज़ रही। सरकारी मुलाजिम होने पर भी उनकी आवाज़ का ताप कभी धीमा न हुआ। न साम्प्रदायिकता के रथ यात्राओं वाले दौर में, न अमेरिका के एकछत्र साम्राज्य के शिखर होने के दौर में। उनकी बातों में जो दोटूकपन और पक्षधरता थी, वह घोषित मार्क्सवादियों में भी उस तरह न थी। सुदीप जी की बेख़ौफी को शायद आनेवाला समय पढ़े कि वह इस क़दर निडर होकर कैसे लिखते रहे—'बुश और दुनिया के तमाम हुक्मरानों में / कोई उनको नहीं सुन रहा और न ही / उनकी आवाज़ इराक के लिए / ढाल बन रही। फिर भी वे कह रहे हैं / ऐसी दुनिया में बचे रहने से / बगदाद में जमींदोज़ होना बेहतर है।'

सुदीप जी का अन्तर्मन बहुत संवेदनशील तन्तुओं से बना था। इसलिए रिसेप्टीविटी का स्तर बहुत गहरा था। उसमें पेड़-पौधे, नदियाँ, खदान, लोहा, गाँव-जवार, आदिवासी-मजदूर और सामान्यजन की सघन उपस्थिति है। वे कविताओं में चीज़ों को नामों से पुकारते देख जा सकते हैं। और वह भी संजीदगी के साथ—मलेनी नेवज डंकिनी शंखिनी / इन्द्रावती, गोदावरी, नर्मदा शिप्रा—चंबल बीहड़ों को पार करती / कोई न कोई काम आई पुण्य सलिला।' सिर्फ नदियाँ नहीं, मनोहरलाल, काशीनाथ जैसे कई चरित्र हैं जो कवि के 'सगामन' की तरह कविता में जीवन्त हैं। जितना सुदीप जी दुनिया के लिए कई रूपों में समर्पित थे उससे बहुत कम कविता में उनके परिवारजनों का ज़िक्र आता है। लेकिन अपने बेटे के लिए उनकी दो कविताएँ हैं और दोनों में आत्मीय प्रसंग से बाहर की चिन्ता और सरोकारों का मार्मिक उल्लेख है—'मैं तुम्हारा पिता कभी अपनी / आप बीती से डरा / कभी ज़माने से / अपनी तमाम सुबहों को न्यौछावर करना चाहता हूँ। इस बारिश भीगी धरती की खातिर / तुम्हारे कद्दावर होने की ख़ातिर / सफेद डैनों की परवाज़ के ख़ातिर।' ग़ौर से देखें तो उनकी कविता में सतत लीलाभाव प्रवहमान है जिसमें सृष्टि के अनेक राग-रंग, दुख-सुख और बेचैनियों की अभिव्यक्ति है।

इस पृथ्वी के अस्तित्व और सभ्यता के प्रति सजग वे एक चौकन्ने कवि हैं। वस्तु और भाषा के चौकन्नेपन के साथ वे अत्यन्त विश्वसनीय राजनीतिक कवि हैं। लिखने-पढ़नेवाले समाज में उन्हें नक्सल चेतना का

कवि माना जाता है। समाज के रचनात्मक परिवर्तन के लिए उनके संघर्ष मुखर ही रहे और इस हद तक उजागर भी कि उन्होंने बिना भय के लिखा–'थोड़ा वक़्त अभी बाक़ी है। जिस तरह भी बने चिल्लाओ/ अपने बच्चों की ख़ातिर चिल्लाओ। लिहाजा चिल्ला रहा हूँ। पसेमर्ग भी चिल्ला रहा हूँ।' और उनकी यह चीख़ तब भी बुलंद थी, जब भयवश उनके बहुत से समकालीनों ने चिल्लाना तो क्या साफ-साफ बोलना भी बन्द कर दिया था। उनका भरोसा जनसाधारण पर हमेशा बना रहा। इसी कारण उनकी कविता साधारण में असाधारण शक्ति का गुणगान करती है। वह कम लिखे जाने के बाद भी बहुत अधिक बची हुई है।

[5]

सुदीप जी के इस संग्रह में पाठक ग़ौर करेंगे कि उन्होंने अपनी भाषा को बहुत हद तक बदलने का काम किया है। कहीं वे ज़्यादा दूर और ज़्यादा देर तक स्मृति में अपनी कविताओं को स्थापित करना चाहते थे। इसलिए जटिलतम विषयों पर कविताएँ उनके स्वभाव के विरुद्ध ऐसी सरलता के साथ उपस्थित हैं कि पढ़कर आश्चर्य होता है। इस सरलता को अर्जित करना यकीनन एक कठिन काम था और इसके लिए वे कहीं-कहीं लगभग छंद में लौटते हैं। कुछ उदाहरण–

1

इराक़-अफ़ग़ानिस्तान तो झाँकी है
हिंदुस्तान-पाकिस्तान बाक़ी है

2

बुशजी-बुशजी
दुनिया भर में
एक मात्र पुरुषजी

3

हिरोशिमा से शुरू करें
या हनोई से

हम कहना चाहते हैं
साफ़गोई से

अपनी एक कविता का शीर्षक ही उन्होंने 'तुकबन्दी' रखा है, जो छन्द में है। सो वे अपनी अर्जित लय में एक तोड़-फोड़ कर रहे थे। यह तोड़-फोड़ उनकी वाक्य रचनाओं में भी उजागर है। वे एक ऐसी भाषा की तैयारी में थे जिससे उनके बड़े राजनीतिक आशय जनसामान्य तक पहुँच सके। कविता में एक 'सोशल एक्टिविस्ट' की भाषा को वे खड़ा करने के इरादे में दीख रहे थे। बहुत कुछ नागार्जुन की तरह। 'जागरण' में प्रकाशित अपने वक्तव्य में उन्होंने कहा था–

> 'जब कभी सचेतन रूप से सोचता हूँ तो कविता में ख़ुद को कितना समझाने का प्रयास करूँ और किन्हें समझाने का प्रयास करूँ, यह समस्या सताती है। उन कवियों से रश्क करता हूँ जो अपनी बात ज़्यादा लोगों को आसानी से समझा लेते हैं। दरअसल, ख़ुद भी मैं उन्हीं की कविताओं को पढ़ना पसन्द करता हूँ, जिन्हें समझने में मशक्कत न करना पड़े पर फिर भी अपने कहे में वैसी सरलता सध नहीं पाती।' सुदीप जी अपने अधूरे ड्राफ्ट्स में भी यही बोलते नज़र आते हैं।

ग़ौरतलब एक बात और है कि उनकी शैली में भी एक परिवर्तन आकार ले रहा था। यह परिवर्तन उनके कहन में दीखता है। कई कविताओं में उनकी भंगिमा ऐसी बनती है मानो वे अपने पाठकों को सीधे सम्बोधित हैं। वे उन तक पहुँच न पाने की एक चिन्ता में ज़रूर थे। इस संग्रह में वक्तव्य-प्रवक्तव्य के शिल्प में उनकी कुछ महत्त्वपूर्ण कविताएँ हैं, जो एकदम सीधे बात करने की मुद्रा अख़्तियार कर लेती हैं जैसे–

1

जब कोई नहीं सुनता तुम्हारी
तब पुकारो मत ख़ुद को
सुनो उसे जो तुम्हें
पुकार रहा है

2

ग़ौर से देखो

वह भी कभी हाकिम था
अपनी ज़िन्दगी पर
उसके थके पैरों में
चला हुआ पूरा हिन्दुस्तान था

3

आप भोपाल पहनकर
घूमे हैं दुनियाभर में
और इराक़-अफ़ग़ानिस्तान
लपेट लिया है टहलते-टहलते

आपने पहन रखी है
हिन्दी ज़बान जो उर्दू है
या उर्दू जो दाहिने हाथ से
लिखी जाती है

यह तो स्पष्ट तौर पर पता चलता है कि अपनी भाषा और कहने के तरीक़े को वे नए ढंग से आविष्कृत करने में लगे थे। यदि वे कुछ और साल हमारे साथ रहते तो उनकी वैचारिकता को कविता में वैसा ही लाते जैसा वे अन्तिम सालों में सोच रहे थे। यह शायद इसलिए भी था कि उनकी भाषायी जटिलता को लेकर सवाल उठते रहे थे। वे इस बात के उदाहरण हैं कि अपने दूसरे-तीसरे संग्रह से उन्होंने अपने को बदला। उनकी भाषा में मर्म को छूने के गुण विकसित हुए। भाषा और कहन में एक दीप्ति बनी है और सजलता बढ़ी।

चूँकि अग्रज कवि विष्णु नागर, सुदीप जी की कविता के विविध आयामों पर लिख चुके हैं इसलिए मैं उनकी कविताओं को सीधे तौर पर पाठकों के सम्मुख प्रस्तुत कर रहा हूँ। मैं चाहता हूँ कि लेखक, मित्र और पाठक उनकी कविताओं के बारे में बोलें और लिखें ताकि हम सभी एक कवि के बारे में न्यायपूर्ण ढंग से वह सब कुछ कह सकें जो अब तक अलक्षित-अलिखा है।

उम्मीद है आप सभी इस प्रयास के साथ अपने को भागीदार पाएँगे।

—लीलाधर मंडलोई

अनुक्रम

उसे लौट आना चाहिए

बाक़ी है

इराक़-अफगानिस्तान तो झाँकी है
हिन्दुस्तान-पाकिस्तान बाक़ी है।

नहीं परपुरुष जी

बुश जी खुश जी
दुनियाभर में
एकमात्र पुरुषजी

गुजरात में कभी छुप कर
कभी खुल कर
अपनी भारत माता के
लौह और विकास पुरुषजी

बुश जी खुश जी
आप नहीं परपुरुष जी।

तो आप क्या कर लेते?

पहले वे कहते थे
चीन के अध्यक्ष हमारे अध्यक्ष हैं
अब उनकी जगह वे आए हैं
जो कहते हैं
अमेरिका के राष्ट्रपति हमारे राष्ट्रपति हैं
पूरी दुनिया में जो कुछ भी है चराचर
सब उनकी प्रजा है
वे प्रजापति हैं
बड़ी मेहरबानी कि उन्होंने अपना नाम
बुश रखा, वे ख़ुद को कहते हिटलर
तो आप क्या कर लेते?

इराक़-1

हर युद्ध में अपनी
भागीदारी समझकर
हथियार तो नहीं पर
अपनी आवाज़ वे ज़रूर उठाते हैं

सरेराह चाहे नहीं
किसी न किसी के कान में
ज़रूर कह देते हैं कि
वे इस बार किस तरफ़ हैं

हाल के बरसों में
कोई भी फ़साद या जंग थमने पर
पराजितों के पाले में ही
उन्होंने ख़ुद को खड़ा पाया है
परास्त होने का दम-खम होने पर ही
सोचने-समझने की जहमत उठानी चाहिए
दिल रखने का दम्भ भरना चाहिए

सोचते हुए उन्होंने ख़ुद को

इराक़ के साथ जुड़ा माना

बुश और दुनिया के तमाम हुक़्मरानों में
कोई उनको नहीं सुन रहा और न ही
उनकी आवाज़ इराक़ के लिए
ढाल बन रही
फिर भी वे कह रहे हैं
ऐसी दुनिया में बचे रहने से
बग़दाद में ज़मींदोज होना बेहतर है।

इराक़-2

पीछे छूट चुका था इतिहास
रह गई थी छोटी चिन्ताएँ
पास-पड़ोस का दुःख-दर्द भर कभी-कभी
वह भी कोई इतना विचलित
कर देनेवाला नहीं

सब जुट गए थे
सँवारने अपनी दिनचर्याएँ
नई-नई कम्पनियों की
पेंशन योजनाओं में
देखते सपने भविष्य के
बेफिक्र दिन

सहसा सामने आ खड़ा हुआ इराक़
बह निकली सिरहाने से यूफ्रेटीज़

बालू में उफन पड़ी टाइग्रिस
ढह गए दरो-दीवार सारे

महफ़ूज़ अरमान गर्क़े दरिया हुए
जनाज़ा रोककर उतर पड़े
गए-गुज़रे लोग और विचार

फिर से खुला समय सबके लिए।

बग़दाद

हिरोशिमा से शुरू करें
या हनोई से
हम कहना चाहते हैं
साफगोई से

हिन्दुस्तान में तो
भोपाल क्या, कन्याकुमारी से
कश्मीर तक, पूरा देश ही
खुल चुका है
फिर भी शहर बचे हैं कोई-कोई से
धुआँ उठ रहा है अब भी सीता की रसोई से

तमाम छोटे-बड़े मुल्क़ों में
बस्तियों-बाज़ारों पर काबिज हुए हैं हम
कहीं साइंस से, कहीं आर्ट से
डॉलर से, बमबारी से
कोला और वॉलमार्ट से

शहर-दर-शहर
इक्कीसवीं सदी में

काबुल होकर हम पहुँचे बग़दाद में
अब काफी हो चुका
नक़्शों में शहरों को ढूँढना
अब तमाम जगहों में फसलें काटेंगे
बग़दाद की बोई से।

सारे के सारे भोपाल

अपने आँचल में समेटे भोपाल को
वह बचाकर रखना चाहती है उसे
यूनियन कार्बाइड से
पर उसके देखते-देखते ही
दुधमुँहे बच्चों के मुख में
कोका-कोला उँडेलकर
वे उन्हें लामबन्द कर लेते हैं
आतंकवाद के विरुद्ध
विश्वव्यापी अभियान में

सारे के सारे भोपाल
अब तयशुदा परिक्रमाओं में
अस्त होते हुए निर्विरोध
इस व्यवस्थित भूमंडल में।

उठ खड़े होते हैं

दोनों हाथों से हटाते हुए अँधेरे को
वह जगह बनाता है
अपने आदिवासी मिजाज़ में
जहाँ घुस आता है
तमाम नर्मदाओं का पानी

जगमगा उठता है बड़ा तालाब
जिसके आस-पास वापिस
उठ खड़े होते हैं
एक के बाद एक
आकड़िया, जलसिन्धी, हरसूद और भोपाल
बुलन्द हौसलों की मुकम्मल आबादियाँ।

चाल बेडौल है ज़माने की

वह जो चला जा रहा है
सड़क की इतनी बाईं तरफ़
कि सारी क़ायनात लगती है
उसकी दाहिनी तरफ़

वह जो हाशिए पर भी
डरा हुआ सा
उसने भी देख रक्खे हैं
दसों दिशाओं के खेल

ग़ौर से देखो
वह भी कभी हाकिम था
अपनी ज़िन्दगी पर
उसके थके पैरों में
चला हुआ पूरा हिन्दुस्तान है

समतल बना दिया है
रोड रोलर ने उसे

वरना उसमें भी
बहुत ऊबड़-खाबड़ थे
वह भी आदमी था काम का।

भारत-दुर्दशा

ढाढस बँधाए उन्हें
कोई कैसे जो
बाँध कर नहीं चलते
दुःखों को अपने दाहिने बाजू पर
दुर्दशा जड़ी जिनके कंगन में नहीं

जो सौदा-सुल्फ़ करते
अपना नाम-पता भूल
भारतीय बनकर घूमते बेतकल्लुफ़
हिन्दुस्तान के लगभग बाहर निकलते
इस शहर दिल्ली में

क्या इनसे जाकर कहा जा सकता है
आइए रो लीजिए
हमारे कन्धे से सट कर थोड़ी देर
हटा दीजिए ये ख़ुशनुमा मजबूर चेहरा

थोड़ी रफ़्तार कम करें तो
हम भी कह सकें

आपके कानों में कुछ
जो धीरज दे सके आपको एकान्त में

या
यह जो सुबह उठकर
खाना बनाती है
बच्चों को स्कूल भेजती है
शाम को इन्तज़ार करती है
पति के दफ़्तर से लौटने का
अपनी बेकलफ़ ज़िन्दगी में
रोज़ दुनिया से थोड़ा और अवगत
थोड़ा कम हैरान होती हुई
वह नहीं पहनती परेशानियाँ
घर के भीतर या बाहर
वह इतनी सयानी
इतने सन्तुलन में दरद के

कौन साहस कर उसके घर पर
गमी के लिए जा सकता है

किसी को अपने दुःख नहीं नज़र आते
सांत्वना की प्रतीक्षा में नहीं कोई

अपना बोझा उठाने में मगन
जैसे यह
अपने सम्बोधन में ही जिसका
खप गया वजूद
जिसके दुःखते हाथ-पैरों

या मन की कोई छाया भी
नहीं दिखाई देती
लाल कमीज़ पर
जैसे वह
करीने से रेलगाड़ी में
रखता है आपके जीवन का भार
मेहनताना देने के अलावा
क्या उससे पूछा जा सकता है
उसके बीबी-बच्चों के बारे में
क्या उससे कहा जा सकता है
"ख़ुश रहो"

कोई नहीं तैयार दुआ लेने को
किसी के साथ बैठकर
नहीं रोया जा सकता है भाई
भारत-दुर्दशा नहिं देखी जाई।

पुकार

सुबह उठकर लगा कि
मैं किसी को पुकारना चाहता हूँ
मैं आवाज़ दे पाऊँ इसके पहले ही—
दिन शुरू हो चुका था
और तमाम लोग अपने काम-धन्धों में
लग चुके थे
लगा ऐसे कि
तमाम लोग भी किसी को पुकारना चाहते हैं
पर इसके पहले कि वे तय कर पाते
कि किस नाम से उन्हें पुकारा जा सकता है
उन्हें ख़ुद को पुकारा जा चुका था
इस मक़तल में

रात को सोते समय
यह लगता है कि
जो जिसे भी पुकार रहा है
वह तुम्हें ही पुकार रहा है

हालाँकि किसी की आवाज़
मुँह के बाहर तक नहीं निकलती
और सुब्ह होती है शाम होती है।

आपने नहीं पहनी

आपने महज़ शरीर नहीं
पहन रखा श्रीमान
यह मन भी तो है इतना ढीला-ढाला
कि उसमें समा जाए पूरा जगत-जीवन

आपने
पहन रखा है यह कमरा भी
एक पतलून की तरह
और ये गली-कूचे
आपका शहर दिल्ली
आपने लपेट रखा है
तहमद की तरह

वनस्पति, पेड़-पौधे
इंडिया गेट, लोदी गार्डन
कुतुब मीनार
चमचमाती दिल्ली
जो आधी से ज़्यादा तो
दिखाई नहीं देती

इमारतों के पीछे
गन्दे नालों के आस-पास फैली
सब आपने पहन रखी है

आपने पहन रखे हैं
धरने और जुलूस

आपने पहन रखी हैं
इस देश की तमाम आबादियाँ
आपने कितने गुजरात पहन रखे हैं
कितनी नक्सलबाड़ियाँ

जी हाँ ठीक है
आपने पहन रखी है
गणतन्त्र दिवस परेड
और संसार के फ़रेब
तमगे की तरह पहन रखे हैं
आपने गाँधी और सुभाष

आप पहनना चाहते हैं
भगतसिंह और 1857
आपने अकबर पहन रखा है
और सम्राट अशोक

आप भोपाल पहनकर
घूमे हैं दुनिया भर में
और इराक़-अफ़गानिस्तान
लपेट लिया है टहलते-टहलते

आपने पहन रखी है
हिन्दी ज़बान जो उर्दू है
या उर्दू जो दाहिने हाथ से
लिखी जाती है
आपने पहन रखा है मीर और ग़ालिब
कालिदास, काफ्का, भर्तृहरि

आपने छिपा-छिपा कर
पहन रखा है रवीन्द्रनाथ
आपने पहने हैं प्रेमचन्द
मुक्तिबोध और शमशेर

कितने पुस्तकालय आपने
पहन रखे हैं श्रीमान

आपने पहन रखा है सौरमंडल
ग्रह-नक्षत्र-तारे
आकाश गंगाएँ
पूरा ब्रह्माण्ड

आपने पहन रखा है कितना कुछ

आपने नहीं पहनी
झीनी-झीनी चदरिया।

पतंग

नीम की हज़ारों पत्तियाँ
झगड़ रही हैं पतंग से
जो उलझी तो उलझी ही रह गई
खिंचे अपने तनाव में

रात की बारिश भी
कुछ बिगाड़ नहीं पाई
तमाम झोंके आँधी-तूफ़ान
उठे और विलीन हुए
काग़ज़ के अनोखे बर्ताव में

उखाड़ लेगी नीम को
और उससे बिंधी पृथ्वी को
उड़ा ले जाएगी अपनी उमंग में
या
फिर यह धरती ही खींच लेगी
पेड़ को पत्तियों को बच्चों को पतंग को
एक विशाल आयतन वाली तुरबत में
जिसे हाल में ही खोदा गया है इराक़ में।

भावनाएँ तो उसके पास इतनी ज़्यादा

भावनाएँ तो उसके पास इतनी ज़्यादा
कि शब्दों के हाथ-पाँव
फूलते हैं
उससे जो कुछ भी कहना है
चुपचाप कहो, इतने आहिस्ता से कि
वह सुन भी न पाए ठीक से
नहीं तो बिलावजह
बीच सड़क आधी रात
भावनाओं से साबका हो जाए

भावनाएँ तुम्हारे काम आ सकती थीं
पर वैसी कविता का तो अब रिवाज़ नहीं रहा
वैसे जीवन का भी अब नहीं
पर उसे तो यह पता नहीं

बीसवीं सदी भी मरणासन्न हो चली
उसकी उम्र अब तक जवाँ
इसमें उसका ही तो दोष नहीं!

उनका शरीर

उनकी जितनी बातें
उतने रहस्य
उतने ही कपट
वे फ़ारिग हो चुके मृत्यु से
बचा रह गया उनका शरीर।

वे बचे रहें

सचमुच वे बचे रहें जिन्हें नहीं कोई दुःख
जिनके असबाब में लगती नहीं दीमक
जिनके मन में चमकती रहती है लौ
जो परमात्मा के वारिस हैं इस
बेरहम ज़माने में भी

पर मुमकिन हो तो वे भी बचे रहें
जिन्होंने जाना है केवल दुःख से
कातर होना
जो लापता हो गए
अपने बचपन के दोस्तों को
आवाज़ देते रहते हैं रात-बिरात

बचे वे भी रहें, जिनके दुःख-सुख में
कर न पाएँ वे ख़ुद ही कोई तमीज़
जिन्हें शब्दों में नहीं रह गई
इतनी भी आस्था कि वे हँसने-रोने से
निकाल पाएँ अलग-अलग अर्थ

सभी बचे रहें अपने घर या बियाबान में
बीच सड़क जान न जाए किसी की भर दोपहरी
अमर तो नहीं ही किसी की काया
कोई यहाँ नहीं आया मर जाने के लिए भी।

उनको

जिन्होंने नहीं उठाए
रेत के पहाड़
समन्दर देखकर
जिन्होंने नहीं किया अट्टहास

नहीं देखा लहरों पर
दौड़ते हुए सफ़ेद घोड़ों को

प्रभु उनको पुनर्जन्म दो
अपनी अनन्त कृपा में।

खेल

कमरे में मँडराते रहते हैं प्रेत
कभी आकर्षक और इतने निरीह
कि प्रेम में आप उन्हें पालतू समझें
और कभी इतने हिंस्र और खूँखार
कि आप अन्दर तक लहूलुहान

कमरे के बाहर बरामदा उसके बाहर
बगीचा और फिर सड़क धीमे-धीमे चलकर
मिलती हुई चौक में
जहाँ कोई भी गया-गुज़रा नहीं
इतना ज़्यादा मौजूद
कि उसका भविष्य भी नहीं

चौक के आगे
खुले मैदान में
फुटबॉल खेलते बच्चे
और रंगीन गुब्बारे उड़ाते हुए

बच्चे जो अभी बहुत आगे तक हैं

कि इतने आगे तक जहाँ से
दिखाई नहीं देगा
यह मैदान भी, जहाँ
खेल हो रहा है इस कोलाहल में।

जिनके इतने सुखन, इतने जज़्बात
जो हरदम नए विचारों से
लबरेज़

रोज़ ख़बरों की मीमांसा करते
नए लेखकों, नई किताबों से
ज़ोर-आजमाइश में खपते

देश और मनुष्यता के बारे में
जिनकी चिन्ताएँ
हर-हमेश जगजाहिर

निपट अकेले में भी
जो रूबरू नहीं होते
अपने दुःख से
नहीं दिल पर हाथ रखते

वे अगर हमारे पड़ोसी
हो भी जाते तो क्या
माँ के गर्भ से होते हुए
वापिस चले जाते भी तो क्या?

भले मानुस

आप मशगूल अपने काम में
फिर भी पीठ पीछे जो
वह कभी ओझल नहीं
दिखता नहीं केवल
जो सामने खड़ा रहा चुपचाप

जैसे चौराहे पर आपकी नज़र नहीं पड़ती
भीख माँगते बच्चों पर
क्योंकि आप गहरे सोच-विचार में
या बीवी-बच्चों के प्यार में तल्लीन

इस बात की आपको क्या सज़ा दी जा सकती है
कि आप अपनी ही ज़िन्दगी में फँसे-खपे हैं
औरों से भी ये ही अपेक्षा रखते हैं
कि वे भी अपना ख़ुद सँभालें
ख़ैरियत से रहें
मदाखलत न करें
दूसरों की जाती ज़िन्दगियों में

आप से जब बन पड़ता है
मदद तो करते ही हैं
ज़्यादातर अपनों की
पर कभी-कभी
अजनबियों की भी

सलाह तो सभी को सही देते हैं
किसी को भी पूछने पर
ग़लत रास्ता नहीं बतलाया आपने
नालिश की जाए आपकी तो किस बात की

आप पर कोई उँगली नहीं उठा सकता
कोई सवाल नहीं कर सकता
आपकी भलमनसाहत पर

आप लुटेन्स की दिल्ली में रहते हैं
यह तो कोई अपराध नहीं!

तुकबन्दी

क्या रक्खा है यहाँ
जो अच्छा या बुरा

जान निकल जाती है
बने रहने में
न कोई साक़ी, न सुरा

कोई नहीं तिलिस्म
न कुछ है खुरदुरा

मुँह में नहीं आया राम कभी
ना ही बगल में
रख पाया छुरा

न कुछ छूटा यहाँ ख़ैरात में
ना कुछ ले जा पाएगा चुरा।

अपने भीतर

सबसे कुछ कहते रहते हैं
वे अपने भीतर

ऐसा नहीं कि राय उनकी
कुछ जाती मामलों तक ही सीमित
या उनका कहना मानीखेज़
महज़ उनके जानने वालों को

बढ़ती महँगाई
रोज़ाना का ख़ून-खराबा
इराक़ में चल रहा उत्पात
हज़ारों किसानों की आत्महत्याएँ

सब के बारे में
वे कुछ न कुछ कहते रहते हैं
दूरदराज़ तक साकिन
तमाम लोगों को
जिनमें थोड़े ज़िन्दे
काफी सारे मरे हुए

नहीं भीतर आने देते किसी को
हरकत में जो भी चाहे
फिर वह शहराती या
भूत-प्रेत

वैसे भी कौन फ़ारिग है
जो दस्तक देता हो!

मेज़बान

अपने मामूली होने पर
नज़र पड़ते ही
वह हटा लेता है

छिटक कर याद करता है
वह तो आत्मा
सब में एक सा होते हुए भी
अप्रतिम मेज़बान ईश्वर का

अपने नाम से
धूल झाड़ता
वह उठ खड़ा होता है
उसमें छिपाए से
पुलकित और डरा।

फ़ैसला

उसकी पीठ पर मत लिखो
अपना फ़ैसला
उसका सूर्यास्त चेहरा
अब बेनक़ाब होकर
समतल हो रहा है समन्दर के–

जो इस डूब में
ठीक से जज़्ब करने की कोशिश में
ऊबड़-खाबड़ होता
तट की ओर बढ़ता हुआ।

नज़रअन्दाज़ होना ही कवच है

नज़रअन्दाज़ होना ही कवच है
सबके बीच में रहकर भी
नज़रअन्दाज़ होना

जो उठ खड़े होंगे वे तो मार दिए जाएँगे
या उन्हें मिलेगा सम्मान और वे इस तरह
मिट्टी में मिला दिए जाएँगे

जो छिपना चाहेंगे उन्हें खदेड़कर
बाहर निकाला जाएगा
उन्हें सबके बीच में
बरहना किया जाएगा

नज़रअन्दाज़ रहना
बैल को सींग मारने नहीं बुलाना
बेटे को नहीं सिखाना अपना नाम
ऐसा ही कुछ अब भूमंडल में शामिल
हिन्दुस्तानियों के हिस्से आया है।

एक तारा हारा पारा

बादलों के कारण पता नहीं पड़ा
कि कब सूरज डूबा
कब पंछी लौट गए अपने घरों में

झुंड के झुंड बादल आगे बढ़ते हैं
दूसरी आबादियों के सिरहाने
पताकाएँ फहराते हुए

अब घर और बाहर सब
एक ही प्रचंड हवा की गिरफ़्त में
निर्भीक आकाश खिलता हुआ फिर से

एक तारा हारा पारा
दो तारा कटहल का कोश
तीन तारा देखने पर
नहीं रह जाएगा कोई दोष।

जब कोई नहीं सुनता

जब कोई नहीं सुनता तुम्हारी
तब पुकारो मत ख़ुद को
सुनो उसे जो तुम्हें
पुकार रहा है

समेट कर हाथ मत रखो जेब में
हाथ धरो उनके जो
तुम्हारे आस-पास हैं
और जो इतनी दूर भी तुमसे
उन्हें रात-बिरात सलाम करो

जो बाट जोह रहे हैं तुम्हारी घर में
उन्हें प्रेम से बुलाओ बाहर
ऐसी रात फिर नहीं आएगी।

गरम कोट

ख़ुदरा कुछ अच्छा-बुरा किया
थोकबन्द तो रोज़मर्रा में रहा

खाली जो कर सकता था
जिसे करने आया था
वह ही नहीं किया

कवि-लेखक ढँग का कोई
नहीं रहता दिल्ली में
जमुना के पश्चिम में
इसलिए नहीं रो पाया
औरों के साथ
भारत-दुर्दशा पर
नहीं जप पाया
हिन्दी हिन्दू हिन्दुस्तान

निज कल्याण में बना रहा
राजधानी में साकिन
ठीक मक्कार तो नहीं
पर गरम कोट पहन कर
बैठा रह गया, कुविचार की तरह।

माया

शहीद·हो सकता था
कोंटा केस्टोराम या सेंड्रा में
उठाकर ले आ सकता था
संजीवनी समेत बैलाडीला को

या भैंसे की तरह कम से कम
कट सकता था दन्तेश्वरी मन्दिर में
सारा दिन नहा सकता था
हांदाबाड़ा के दुर्गम्य प्रपात में

या इन्द्रावती के क़रीब आते थपेड़ों को
कुछ कह आता बरसूर में आधी रात
जो कानोंकान पहुँच गया होता
बंगाल की खाड़ी से
प्रशान्त और हिन्द महासागरों तक

थोड़ी सी कोशिश से
ईश्वर को पा सकता था
नारायणपुर, आकाबेड़ा या कुतूल में

ध्रुवतारे का पड़ोसी बन सकता था
धुरबेड़ा में अबूझमाड़ के

एड़का के भुरभुरे हाथी पर सवार
लकड़ी पर उकेरी आकृतियाँ
लोहे और अन्य मेटल की मूर्तियाँ
सजावट की चीज़ें दीगर
और अपनी घिसी-पिटी काया
लेकर मरने को, इस लम्पट दिल्ली में आया।

शुरुआत में शब्द था

विचार अपने में क़ायम कुछ इस तरह
अपने मरों को सहेजे-सम्हाले
रात की तहों में ही गुज़र उनकी अभी

सुनसान रास्तों के कान खुले
रेंगते हैं साँप अँधेरे में
दिलोदिमाग में घोलते ज़हर
फिर वे सारे ख़ौफ़नाक ख़याल
फिर वही मंज़र क़यामत का

जिल्दबन्द और शोधपत्रों में दबे
नई ज़बानों में सोचे जाने पर
जाग उठते हैं आधी रात उत्सुकता में
कि फिर आदमज़ाद आएँगे दमखम से

नंगी औरत बेझिझक तोड़ेगी निषिद्ध फल
बीते बरसों के आगामी कल में
फिर से शुरू होगा खेल।

साफ़-साफ़ कहने की कोशिश में

साफ़-साफ़ कहने की कोशिश में
बात अटक कर रह गई हलक़ में
आख़िर परवरिश तो हुई थी हमारी
अपनी बात कहकर छुपाने वालों की
बिरादरी में
अनलंकृत करते हुए अपने हर सुख़न को
अब हम आ पहुँचे इस दहाने पर जहाँ
तमाम समन्दरों का शोर, कहे ना कहे,
ग़र्क कर लेता है हमारे रहे-सहे को।

घर लाए वे योद्धा को मरा

घर लाये वे योद्धा को मरा
जीवन संग्राम में जो जा भिड़ा
अपने सपनों से भागा
प्रेम से डरा

केंचुल सा यह छोटा क़िस्सा
इसके भीतर छुपा साँप
गुज़रता है आकाश से पाताल तक
दाख़िल होता है आत्मा के बिलों में

गुज़र जाने के बाद लकीर को पीटता
रह जाता है सुख़नसाज़ बस एक।

वानप्रस्थ

आपका काम पूरा हुआ
अब आप फ़ारिग हों
बिलावजह यहाँ ठहरना
भारी पड़ सकता है
आपके किए-कराए पर
पानी फिर सकता है

आपको जो कहना था
कह चुके, वह दर्ज़ हो चुका है
ठीकठाक से
अब एक भी अतिरिक्त शब्द
नाजायज़ हस्तक्षेप
माना जा सकता है

अब जाइए अपने घर
इस बात की कोई रियायत नहीं है
कि आप अपना पता भूल चुके हैं।

वह इस तरह ही आता है

वह इस तरह ही आता है
बिना बताए और मुझे
कहना पड़ता है, आज तो
मुझे बाल कटवाना है
अब की से शुक्रवार को आना

पर वह आता है शनिवार या इतवार
क़भी भी मुक़र्रर दिन पर नहीं
मुझे कहना पड़ता है भाई
आज मेरे रियाज़ का दिन है

या मैंने पहले से ही अपने
शहर के पुराने दोस्तों को
समय दे रखा है
आज तो क्रिकेट मैच है या
आज मेरी जेब भरी है और
बीवी के साथ बाज़ार जाना है

वह चला जाता है बिना किसी हुज्जत के

हमेशा आता है अलग-अलग लिबास में
कभी उसके सर पर टोपी लाल
गले में रूमाल, कभी रेशम की कुर्ती
और ओंठ लाल-लाल
कभी वह औरत कभी मरद
कभी बृहन्नला।

कभी डगमग पाँवों से
छोटे बच्चे की तरह
कभी बूढ़ा खाँसते हुए
कभी अपने में मगन
नंगे पाँव
कभी फौजी बूट में

कभी कुछ कहता नहीं
पर आता रहता है
वक़्त-बेवक़्त
बिना झिझक
बिना बताए और मैं हमेशा
कोई न कोई बहाने ढूँढ़ता या
सचमुच ही अपने किन्हीं
जज़्बात में मशगूल या ठीक तभी
जब संसार का रूज़ जैसे काम आता सा...

इस बार मना नहीं करूँगा
वह जैसे भी वक़्त आए
खेलूँगा उसके साथ बाज़ी
इसमें क्या शक है कि वह

बेहतर खिलाड़ी है
पर मैंने भी
जाया नहीं किया जीवन

इस बार उसकी काली
और मेरी सफ़ेद
मेरी ही चाल पहले
मुझ से पार पाने के लिए
उसे भी खेलना ही होगा
उसका अब तक का बेहतरीन

यह खेल आसानी से
नहीं लिख जाएगा
उसके नाम

मत ताखीर कर
अब आ
अब आ।

उनके जीवन में

उनके जीवन में
ख़ुशियाँ-क़ामयाबियाँ बहुत
फिर भी वे खड़े रहते हैं
एक अनजान दुःख के अहाते में

वे नीचे उतरते हैं अपने में
आत्मा को धर-दबोच लेने में
लगभग क़ामयाब
वे ऊपर चढ़ते हैं
अम्बरतल में उनकी गति
आवाज़ों के घेरे को तोड़ती हुई

आस-पास जब कोई नहीं होता तब
खाली दीवार से अपने दुःख का पता
पूछते हैं और ख़ुश होते हैं इस
तरक़ीब से

वे जिसको नहीं बचा पाए
अपनी आत्मा के विरल में
जिसे नहीं उछाल पाए
अवनि और अम्बरतल में

इस कुलीन दुःख को माला
पहनाते हुए, वह पूछना शुरू करता है
हिसाब-किताब एक दिन।

बेमुरव्वत

बेमुरव्वत जो देखते, तमाम चीज़ों को
हार नहीं मानते किसी रहस्य से
परत-दर-परत उघाड़ते चले जाते हैं
समाधान ही जिनका मक़सद जीवन में

जो समझना चाहते हैं
दोस्ती का अर्थ
पूछना चाहते हैं
कोई किसी को देखकर
हँसता क्यों है
खोकर होता क्यों है
उदास

गाना क्यों गाता है अकेले में
किसकी ख़ातिर आलाप भरता है
बारिश में नहाता है
रोता है हर नदी के तट पर
अट्टहास कर उठता है
समन्दर को देखकर

क्यों
उठाता है रेत के पहाड़
लहरों पर दौड़ते
सफ़ेद घोड़ों को
समेटता है हथेली में
हर मोड़ पर
सर उठाए जगत से
माफी माँग कर क्यों
सो जाता है
घर लौटकर

जो दरियाफ़्त करना चाहता है
हर सतह से
व्याख्या करना चाहता है
सपाट की
समझना चाहता है
सरल को गुत्थी मानते हुए

जो ईश्वर को
उतारना चाहता है आसन्दी से
हार नहीं मानता रहस्य से
किसी को इजाज़त नहीं देता
अपने नाम-रूप में शरण लेने की

जिसे गवारा नहीं
दुरूह मनुष्यता या सरल जीवन
क़बूल नहीं दिन के चौबीस घंटे
सप्ताह के सात दिन
मंज़ूर नहीं इस तरह
सदियों का आना-जाना

उसे पुकारो मत अपनी बस्ती में
यहाँ अमन-चैन है
सब लोग राज़ी खुशी हैं।

जीवन के वे सभी प्रश्न कमोबेश

जीवन के वे सभी प्रश्न कमोबेश
जिन्हें लेकर चले आए इस मुक़ाम तक
निर्विघ्न तो नहीं यात्रा फिर भी
बचे तो रहे, बचे-खुचे ही सही—
अब सारे प्रश्न सहसा बदल गए
आदमज़ाद होना ही अपना
आखिरी सिक्का था जेब में, खोटा पड़ गया

अब यहाँ से फिर कैसी तामीर करें
कहाँ बनाएँ रिहायशी हिस्से
कहाँ दालान करें
किसे ले चलें अपने अन्तर्मन में
किसका इस फूहड़ इजलास में
चालान करें।

वाक्य को पूरा किए बग़ैर

अपने कहे के
पूरे आशय से बचते
वाक्य को पूरा किए बग़ैर
अपने पड़ोस में अँटते वे

उनका नाम पूछ पाएँ
या दुआ-सलाम ही हो जाए
इसके अव्वल ही फ़ारिग वे
अपनी सामाजिकता से

सदा-सा हँसते हुए
अपना चेहरा छिपाकर
या ऐसी खिन्नता में जो
ढँक दे किसी भी दुःख को
जो सतह तक उठ आए

आर-पार कोई जा न पाए
खुल न पाए भेद क़द-काठी का

मरते दम तक
क्या छिपा रख पाएँगे
अपनी घेरी जगह को
दोस्तों की मेहरबानी या
ज़मानेभर की फूहड़ दिलचस्पियों
और कामुक नज़रों से।

बचा रखा है ख़ुद को अब तक तो

ऐसे-ऐसे विचारों ने मुझे किया है मकीन
शिरकत लाज़िम की है ऐसे-ऐसे मंसूबों में
रूह काँप-काँप जाए अच्छे-अच्छों की

फिर भी निभ गई अब तक तो
हाज़िर जवाबदारियाँ, घर-बाहर के
तमाम रस्मो-रिवाज सध गए

मुतफ़र्रिक लोगों से आश्ना हुआ
मुख़्तलिफ़ ज़बानों में गुफ्तगू हो गई सहल

बचा रखा है ख़ुद को अब तक तो प्रेम में पगा
गो कि ऐसे ख़यालों से फिलवक़्त निस्बत है मुझे
जो ज़्यादा रियायत नहीं देते
दोस्तों या दुनियादारी के लिए।

मरे हुओं को लौटना पड़ता है

मरे हुओं को लौटना पड़ता है
जतन से बिखरे टुकड़ों को उठाते
जीवित सब निकल जा सकते हैं
अपने-अपने रास्ते
जीवनियाँ सँवारते हुए
मरे हुए लाचार बनाए रखते हैं पड़ोस
गो कि ज़्यादा दख़ल नहीं देते
रोज़मर्रा के फिज़ूल में, बिना बताए
बेझिझक लगातार पास आते सर्द-जोशी से
आपको अपने आगोश में मानते हुए।

कह सकता हूँ यह

तयशुदा परिक्रमाओं में
अँटता नहीं किसी का भी जीवन
जितना भी कोई रोज़मर्रा में फँसा
कितना ही दीन-हीन

वह कब उठ पड़ेगा
हाथ में पत्थर लिये
किसको पता

कहेगा मेरा नाम माता-पिता ने दिया
मेरी भी ईश्वर से उतनी ही वाक़िफ़ीयत
मैं इन्द्राज भर, जनम की पंजी में
मैं अपनी ही जगह पर साकिन हूँ इस दुनिया में
मैं यहीं उतरकर देखता रह सकता हूँ
सदियों का आना-जाना...

या पैर जमाकर कह सकता हूँ यह
मेरी जगह
कोई बेदख़ल नहीं कर सकता मुझे...।

वे तय नहीं कर पाते

अस्पताल में वे कितने
सिर्फ अपने सहारे बीमार
उनके साथ आती अस्पताल तक
केवल उनके घर छोड़ी हुई समस्याओं की फ़ेहरिस्त
वे किस तरह मुखातिब हों
अपनी तीमारदारी की तरफ़
या जो छोड़ आए काम—उनकी तरफ़
वे तय नहीं कर पाते
और इस असाध्य बीमारी की यन्त्रणा से
थोड़ा बच जाते।

अपने दुःख में रहते हुए

अपने दुःख में रहते हुए
उसने चुपचाप नया नाम धरा
साकिन हुआ नए मोहल्ले में
अपने अजनबियों को फिर से
आश्ना किया
अब वह सीढ़ी दर सीढ़ी चढ़ता जाएगा
उम्रेदराज़ पर

उसका दुःख उसके भीतर घर कर ले
इसके पहले वह तर्जुमा कर लेगा
अपने अन्तर्मन का
किसी और ज़बान की क़िलेबन्दी में
तुम चाहो तो अपना दुःख भी उस पर
निसार कर सकते हो दरियादिल होकर
आख़िर तुम भी नहीं जानते कि
हुआ क्या है।

लौट आना चाहिए

किसी को लौट आना चाहिए
जो पता नहीं कहाँ चला गया है

उसकी ग़ैरमौजूदगी से
रिक्त नहीं है कोई जगह

जगह ही नहीं
सबके सोच-विचार
उनकी रोज़मर्राएँ भर गई हैं
उन तमाम चीज़ों से
जो उसकी छाया से बेख़बर
क़ायम मुक़ाम हैं हर सतह पर

फिर भी उसे लौट आना चाहिए
इस गुत्थम-गुत्थे में
उसके लिए भी जगह निकल ही आएगी
इस भरे में छेद करने के लिए ही
उसे लौट आना चाहिए

कोई उसको याद नहीं कर रहा है
कोई बुला नहीं रहा है
किसी ने अपनी दुकान बन्द नहीं कर ली है
कि वह इस बाज़ार से अब नहीं निकलता

चाहे वह खरीदार नहीं
इस बिछे हुए जगत का
फिर भी उसका हक़ बनता है
कि अपनी खाली जेबों को बजाते हुए
वह लौट आए

उसके लौट आने से भी शायद
कुछ नहीं बदले
पर उसके न लौटने का
यह पर्याप्त कारण तो नहीं है

औरों के साथ नाक़ामयाब होने के लिए ही सही
उसे लौट आना चाहिए
किसी को मालूम भी न पड़े
इस तरह लौट आना चाहिए या फिर
ऐलानिया लौट आना चाहिए।

डाक

कभी तो टूट कर गिरेगा यह तारा
खुलकर बात होगी प्रतिवेशी से

हक़-बका कर खड़ी हो जाएँगी तमाम नदियाँ
अतिरिक्त कुछ झूल जाएगा समय
घर पर दस्तक देती हुई मौत
किसी और दिन बाँटेगी डाक।

कब ऐसे खेल में शरीक़ हुआ

पता नहीं कब ऐसे खेल में शरीक़ हुआ
जिसमें अब मुझे ही गेंद सम्हाले रखना है
कोई नहीं जो मुझे पुकारता
कोई नहीं जिसे अब यह गेंद पास कर सकूँ

मुझे हो सके तो अब घर ही लौट जाना चाहिए
मुझे कोई तो बताए मेरा घर कहाँ है
मुझे इस जहाँ में मेरे नाम से ही जाना, जाना चाहिए
आखिर कोई बताए तो कि मेरा नाम क्या है

मुझे इस खेल से बाहर निकल जाना चाहिए
जिसमें बाक़ी सब खिलाड़ी दूसरी ओर मुख़ातिब हैं
मेरी गेंद के लिए कोई नहीं मुंतज़िर
कोई मेरी मदद का तलबगार नहीं
और जो देख भी रहे हैं मेरी तरफ तवक्को से
वे सब मैदान के बाहर हैं
इतनी दूर कि लगभग क्षितिज बनाते हुए

मुझे अब चले ही जाना चाहिए
कोई बताए मुझे कहाँ चले जाना चाहिए!

अब और कहाँ से जाओगे

अब और कहाँ से जाओगे
इस चुपचाप में, अब और
कहाँ ले जाओगे इस
उतरते हुए रक्तचाप में

अब तो आती भी नहीं पीछे से
कोई भी पदचाप, अब तो आगे
चमकता भी नहीं कोई ध्रुवतारा

अब और कहाँ ले जाओगे इस पुण्य-पाप में

अब तो पिछड़ गई धरती की गन्ध
पिछड़ गया नाते-रिश्तों का संग
उभर आया ऐसा अन्तिम प्रसंग

अब और कहाँ ले जाओगे इस पश्चाताप में
अब और कहाँ ले जाओगे, चुपचाप में।

अलग-अलग अभी भी नहीं

किसी को समझ में नहीं आता
कि अपने सारे किए-कराए को छोड़कर
यह क्यों गर्क़ हुआ जाता है
एक अलहदा अफ़सोस में

यह जो घुसा चला जा रहा है
बिना मुड़े, बिना कुछ भी बताए
लगातार अपनी ही छाती के भीतर

इसके बारे में अब इतना ही
कि अपने जाने के पहले यह
अब भी पूरी तरह नहीं ओझल

अलग-अलग अभी भी नहीं
आकाश, वायु, अग्नि, धरती और ज़ल।

एक दिन छूटेगा ही

एक दिन छूटेगा इस रिहायशी जज़्बात से भी
यह दुखता साथ

अचीन्हे परिन्दे के उड़ जाने के बाद
उसके बारे में सोचते रहना
नामकरण करना
किताबों में ढूँढना उसका परिचय,
यह सब भी फीका पड़ जाएगा, धीरे-धीरे

एक दिन छूटेगा ही
दुखता हुआ यह साथ
जो साथ भी नहीं।

हाथ में गुलदस्ता नहीं

हाथ में गुलदस्ता नहीं
पूरी तरह खाली हाथ भी नहीं
किसी से नहीं मिलने जाते हुए
ठीक अन्तर्यात्रा भी नहीं
सोच-विचार में तो कभी पड़े नहीं
पूरी तरह दिमाग़ पर खाली नहीं

सूने-सपाट रास्तों पर इस तरह
उलझ जाते हैं नसीब के मारे
फिर भी मरते नहीं कि कोई
गुलदस्ता भी न रख पाए मज़ार पर
या भूल ही जाए चराग़ एक जला देना।

मिले बहुतेरे

मिले बहुतेरे अपने सुख-दुःख में क़ायम
कस कर अपना नाम-पता पकड़े हुए
ऐसे तो नहीं फ़कीर इस ज़माने में
अपनी परछाईं से सारी-सारी रात
जिरह करते हुए

या चुपचाप प्रायश्चित में, अपने होने के
कोई ऐसा भी दुखी जो कह सके
कि लो मैंने छोड़ दी है समूची दुनिया
तुम्हारे आखेट के लिए।

खलास

उतरना था इसी स्टेशन पर
इससे आगे नहीं जाती रेलगाड़ी

खलास होकर ही ख़त्म हुआ
बच जाता कुछ और तो
न रहती थोड़ी भी
रेज़गारी

किसके पास माँगने जाता
जहाँ हर कोई ही भिखारी।

चुपचाप खड़े पहाड़ों को

चुपचाप खड़े पहाड़ों को सहसा बोलते देखा
दरख़्त भी सब हँस पड़े आधी रात अँधेरे में
जगमगा उठे रास्तों के कंकड़-पत्थर
ज़िन्दगीनामा दुबक गया दो-चार वाक्यों में
केंचुल की तरह उतरते देखा नामों को तमाम चीज़ों से

जो कही होंगी सदियों से बातें
ऐसे मौक़ों पर आशिक़ों ने जुनून में
उन्हीं बातों को होते देखा तब्दील
विश्वरूप दर्शन में, और फिर
हज़ारों कल्पनाएँ, शब्दावलियाँ
सहसा ख़ामोश हुईं एकाकार तजुर्बों में

बच क्या कोई भी जगह पाएगी
जहाँ कोई शरण ले अपनी निरी मनुष्यता में
छोटी-छोटी बातों को भी अगर तुमने
बिना सोचे, बिना बोले ही एजाज़ किया।

मत बनाओ अपने दुःख को नायक

मत बनाओ अपने दुःख को नायक
खुश रहो उसकी छोटी सी भूमिका से

औरों के भी दुःख हैं
जो पहाड़ तो नहीं
आइसबर्ग से फिर भी दिखते हैं
उनके चेहरों पर
उन्हें ही तय करने दो सारी कहानियाँ

तुम्हारा अपना दुःख समन्दर सा चाहे

उमड़ने दो उसे अपने ही भीतर
मक़दूर होते हुए भी मत
नौहागर तैनात करो
उसे जाने दो निष्प्रयोजन
आखिरी अध्याय तक

ज़ख्मों की ताकत से
मत फ़तह करो सब कुछ

मत बनाओ अपने दुःख को नायक
बख़्शो अज़ीज़ों को उनकी क़िलेबन्दी
महफ़ूज़ दिनचर्याओं पर मत लहराओ
अपने अधझुके परचम।

कुछ अलहदा ही बचते हुए

गाँवों क़स्बों मोहल्लों समाजों में अँटकर भी
मनुष्य के अलग-अलग होने में
है दुःख-सुख का अजीबोग़रीब खेल
रोज़मर्रा में सबके साथ मरता-खपता

अकेली चादर उसकी थकान
उसके सपने
कितना भारी-भरकम
मनुष्य जाति का इतिहास

नदी पहाड़ रेत झरने
सब अलग-अलग होते हुए भी
सुख-दुःख से बराबरी से विरल
जगह घेरने में ही खपते हुए

हर मनुष्य को चाहिए
अपना अलग नाम
अलग सकूनत
चाहिए अलग इत्मिनान

जैसा भी ख़ुद के नसीब का जीवन
एक ही मिट्‌टी में मिलते
स्मृतियों में
कुछ अलहदा ही बचते हुए।

निकला अगर तो

अब दूसरे ही साँचे में दाख़िल
निकला अगर तो
और ही शक़्लो-लिबास में

किसी और सहरी पर
जाग उठ, किसी और का
ख़ैरमक़्दम करता नए बाग़ में
फिर से नए गुनाहों का सिलसिला
शुरू करने के लिए

किसी को इन्तज़ार नहीं
किसी ने नहीं देखा उसे
दाख़िल होते इस पाठशाला में
किसी ने नहीं सुधारे उसके हिज्जे
किसी को नहीं पता
कि पास हुआ या फेल

उन्हीं के बीच में बिछाया उसने
आग का दरिया और

बाँचता रहा पंचाग रात-रात भर
उसके तबादले का दिन
ग़ालिबन मुअय्यन नहीं

फिर पड़ोसियों को
उनकी गफ़लतों में खैरबाद यह
उसकी आत्मा तवायफ़ की तरह बेझिझक
दूसरे कपड़े माँगती
देर रात अन्तरिक्ष को छोड़ती
अपने विरल से।

मैंने बसाई है अपनी क़िस्मत

मैं और कुछ ही के बारे में
हालाँकि यह मेरा समय नहीं
मैंने बसाई है अपनी क़िस्मत
इसी बस्ती में जहाँ कोई
मेरी ओर मुख़ातिब नहीं

मेरे दिमाग़ में एक पीछे है
उसे आगे आने का मौक़ा
अब शायद न ही मिल पाए उनमें
जिनसे निस्बत बाक़ी है इस ज़माने में

पर मेरे हाथ में फिर भी
किसी का हाथ है जो चाहो तो
वह तुम्हारा भी हो सकता है

दूर-दूर तक जिसका नामोनिशान नहीं।

जिन घरों में कोई नहीं रहते

घरों में और कमरे होते हैं
जहाँ कोई नहीं रहते, फिर भी जिनमें
आवाजाही बनी रहती है
रात-बिरात

मेहमान तो यदाकदा ही
घर के बाशिंदे ही
अपने दुःख-सुख में
शरण लेते हैं ऐसे कमरों में
जो रिहायशी रूप से
शामिल नहीं होते घरों में

जिन घरों में कमरे कम होते हैं
वहाँ दीवारों के भीतर ही
छिपी रहती हैं सीढ़ियाँ
जो ले जाती हैं तलघरों में

जिन घरों में कोई नहीं रहते
उनमें इतिहास समाया रहता है दिन-रात
उनमें नाजायज़ दख़ल रहती है
उन बेनसीब पड़ोसियों की
जिनके घरों में बदहवास रोशनी
दिन-रात पीछा करती है बाशिंदों का।

सारी रात बारिश में

हर शहर में बचे रहते हैं
कुछ बियाबान हिस्से जिन पर
शहर नहीं होता तामीर
जो बचे ही रहते हैं हमेशा भू-माफिया से और पड़ोस से

वे हिस्से बेझिझक-बेपरवाह
बाहर भीगते, सारी रात बारिश में
उनके साथ रक्कासा
रात भी
भीगती है बारिश में

दीवारें, बन्द खिड़कियाँ, इमारतें
सड़क और पुल और बने-बनाए मनुष्य तक
भीगने से लड़ते हुए
और इस क़दर लहूलुहान

सूखे कपड़े, सूखी देह पहने आत्मा
जो गीली नहीं होती पानी से

छतरियों बरसातियों तामीरों पर
हँसती है, सारी रात हँसती है

इतना हँसती है कि बिला जाती है देह में,
जिसे ठीक से मयस्सर नहीं इंसा होना।

●●●